Analyse de l'œuvre

Par Dominique Coutant-Defer
et Margot Pépin

Jeannot et Colin

de Voltaire

Rendez-vous sur lepetitlitteraire.fr et découvrez :

Plus de 1200 analyses
Claires et synthétiques
Téléchargeables en 30 secondes
À imprimer chez soi

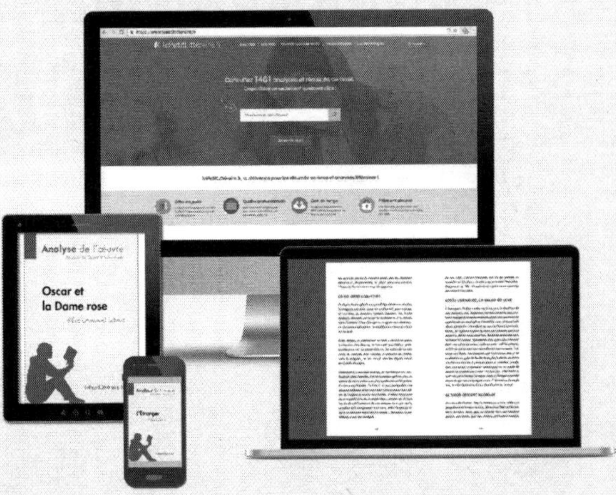

VOLTAIRE

ÉCRIVAIN ET PHILOSOPHE FRANÇAIS

- **Né en 1694 à Paris**
- **Décédé en 1778 dans la même ville**
- **Quelques-unes de ses œuvres** :
    - *Zadig ou la Destinée* (1748), conte philosophique
    - *Micromégas* (1752), conte philosophique
    - *Candide ou l'Optimisme* (1759), conte philosophique

Voltaire, François Marie Arouet de son vrai nom, est l'une des figures de proue des Lumières (mouvement philosophique qui domine le monde des idées en Europe au XVIIIe siècle et qui combat l'obscurantisme et l'ignorance par la diffusion du savoir et une foi inébranlable en la raison).

Après des études brillantes chez les jésuites, malgré son esprit indiscipliné, Voltaire se fait connaitre par des écrits satiriques, dans lesquels il s'attaque, entre autres, au régent de France Philippe d'Orléans (1674-1723). Ce qui lui vaut, outre un premier exil à Sully-sur-Loire (Loiret) en 1716, un séjour de onze mois à la Bastille. À sa sortie, il défend encore et toujours ses positions à travers des procédés littéraires divers, en premier lieu desquels, la satire et l'ironie. La dimension très critique de ses ouvrages l'oblige à rester hors de France pendant de longues années. Il s'exile d'abord en Angleterre, où il découvre le régime de la monarchie parlementaire qui le séduit, par opposition à la monarchie absolue française dont il ne cesse de dénoncer les excès. Il séjourne ensuite en Prusse, aux côtés de Frédéric II (1712-1786), qui représente pour lui le modèle du monarque éclairé. Les deux hommes finissent toutefois par se brouiller. À son retour de Prusse, il s'installe à Genève puis à Ferney, à côté de la frontière suisse. De là, il s'engage dans plusieurs affaires judiciaires et obtient l'acquittement ou, à défaut, la réhabilitation, d'innocents condamnés injustement à mort. La plus célèbre est l'affaire Calas (1762-1765).

À la fin de sa vie, il est de nouveau toléré à Paris où son succès et sa renommée le protègent. Accueilli en héros par le tout Paris, notamment grâce à son rôle dans l'affaire Calas, il est aussi admiré pour son œuvre et sa pensée. Il y meurt en 1778.

Contributeur de l'*Encyclopédie*, œuvre fondatrice de la philosophie des Lumières, et auteur de nombreux contes philosophiques, d'essais historiques et philosophiques, mais aussi poète et dramaturge, Voltaire laisse une œuvre imposante et protéiforme, toujours au service de son combat pour la liberté, la tolérance, la justice et le savoir.

JEANNOT ET COLIN

QUAND LA VANITÉ PORTE PRÉJUDICE À L'AMITIÉ...

- **Genre** : conte philosophique
- **Édition de référence** : *Jeannot et Colin et autres contes philosophiques*, Paris, Flammarion, coll. « Librio », 2013, 80 p.
- **1re édition** : 1764
- **Thématiques** : connaissance, cupidité, morale, vanité, amitié, philosophie des Lumières

Jeannot et Colin est un conte philosophique dans lequel Voltaire se plait à démontrer que le rejet de la connaissance, la cupidité, l'orgueil, le luxe, la mondanité et le culte du paraitre ne sont que vanités et ne peuvent qu'entrainer malheur et solitude. C'est l'occasion pour lui de défendre la connaissance et l'instruction, l'esprit critique, l'amitié et le travail manuel par lequel l'homme œuvre lui-même à sa fortune, sans se prévaloir de titre ni de privilège

Entrainé dans la nouvelle vie de faste et de luxe que ses parents, suite à un heureux concours de circonstances, mènent à Paris, Jeannot quitte sa province natale et son ami Colin. Devenu un petit marquis, Jeannot arrête ses études et se dépense, avec ses parents, dans le paraitre et la vanité. Mal leur en prend car ils finissent ruinés. C'est Colin, l'ami fidèle qui est entretemps devenu un entrepreneur prospère, qui les sauve de cette situation malheureuse.

RÉSUMÉ

Jeannot et Colin sont deux amis et camarades d'étude. Le narrateur précise qu'« ils s'aim[ent] beaucoup » (p. 7). Le premier est le fils d'un muletier, le second d'un modeste laboureur. Un jour, la fortune, « qui abaisse et qui élève les hommes à son gré » (*ibid.*), vient subitement en aide au père de Jeannot : lors d'un séjour à Paris, il rencontre un entrepreneur des hôpitaux de l'armée qui l'associe à ses affaires. Il achète alors une charge, devient le marquis de la Jeannotière et fait venir son fils à la capitale pour l'intéresser à ses nouvelles entreprises. Avant de partir, vêtu d'un riche habit que lui a envoyé son père, « Jeannot pr[end] un air de supériorité qui afflig[e] Colin » (*ibid.*). Arrivé à Paris, Jeannot ne répond pas aux lettres de son ami, qui s'en désole.

Les parents de Jeannot, souhaitant lui offrir une éducation brillante mais n'étant pas d'accord sur le programme éducatif (le père souhaite par exemple que Jeannot apprenne le latin, sa mère n'y consent pas), le confient à un précepteur. Mais ce dernier prétend que l'apprentissage du latin, de la géographie, de l'astronomie, etc. est inutile : si Jeannot « sait les moyens de plaire, il saura tout » (p. 9), affirme-t-il. De plus, il ajoute que « les gens de qualité, [à savoir] ceux qui sont très riches, savent tout sans avoir rien appris » (p. 10). Après une longue discussion, il est donc convenu que Jeannot apprendra seulement la danse. Le jeune homme mène alors la grande vie, se découvre des talents de chanteur et charme ainsi de nombreuses femmes : « Il acqui[ert] l'art de parler sans s'entendre, et se perfectionn[e] dans l'habitude de n'être propre à rien. » (p. 11) Il finit par se fiancer à une jeune et charmante veuve attirée par la fortune de sa famille.

Jeannot et ses parents gaspillent leur richesse dans de vaines dépenses. Ils finissent par accumuler tant de dettes qu'un jour leurs biens sont saisis, à la suite de quoi le père est emprisonné et la mère réduite à la mendicité. La fiancée de Jeannot l'abandonne alors au profit d'un bel officier et lui refuse tout secours, proposant cependant d'engager sa mère comme femme de chambre. Le jeune homme, atterré, se tourne vers son ancien précepteur et lui fait d'amers reproches : « Vous ne m'avez rien appris, et vous êtes la première cause de mon malheur. » (p. 12) Après lui avoir suggéré de devenir précepteur à son tour, celui-ci lui conseille de « fai[re] des romans, [car] c'est une excellente ressource à Paris » (*ibid.*).

Jeannot, désespéré, se rend chez le confesseur de sa mère. Celui-ci croit le consoler en lui annonçant qu'il est à présent là où Dieu voulait qu'il fût, que les richesses ne servent qu'à corrompre le cœur et que sa mère a gagné son paradis en tombant dans la misère. Le prêtre le quitte ensuite, car « une dame de la cour » (p. 13) l'attend. L'infortuné ne trouve pas plus de secours auprès de ses nouveaux amis. Seul dans l'adversité, après s'être complu dans une existence futile et des relations fausses, il « appr[end] mieux à connaître le monde dans une demi-journée que dans tout le reste de sa vie » (*ibid.*).

Dans la rue, il croise une voiture, suivie de quatre charrettes bien remplies. Le passager, à l'expression gaie et affable, simplement vêtu et accompagné de sa femme, « brune et assez grossièrement agréable » (*ibid.*), reconnait Jeannot,

qui reconnait à son tour Colin. Ils tombent dans les bras l'un
de l'autre et Colin réaffirme son amitié à son ancien camarade, bien que ce dernier l'ait abandonné. Il l'invite à diner
et recueille le récit des malheurs de son ami. Lui-même est
à présent à la tête d'une prospère manufacture, a épousé
la fille d'un riche négociant et est parfaitement heureux. Il
offre son aide à Jeannot : « Ne sois plus marquis ; toutes les
grandeurs de ce monde ne valent pas un bon ami. » (p. 14)
Colin paie les dettes du père de Jeannot et le sort de prison.
Tous les cinq retournent alors en Auvergne : les parents de
Jeannot reprennent leur ancien métier et le jeune homme,
dont la vie parisienne n'a pas « étouffé[...] le bon naturel »
(*ibid.*), travaille avec Colin et épouse l'une des sœurs de
ce dernier avec laquelle il est « très heureux » (*ibid.*). Le
conte s'achève sur cette sentence : « Et Jeannot le père, et
Jeannotte la mère, et Jeannot le fils, virent que le bonheur
n'est pas dans la vanité. » (*ibid.*)

ÉTUDE DES PERSONNAGES

JEANNOT

Jeannot est présenté au début du conte comme un très proche ami et camarade de Colin. « Fort joli » (*ibid.*), il est sur le point de terminer ses études quand ses parents font fortune. Aussitôt qu'il a revêtu les riches habits propres à sa nouvelle condition, il change radicalement de comportement. Enorgueilli par sa nouvelle situation, il affecte « un air de supériorité » et se met à « mépris[er] tout le monde » (*ibid.*), y compris Colin. Il est très vite retiré de l'école et envoyé « à Paris dans le beau monde » (p. 8). Il se révèle alors superficiel, hypocrite, paresseux et égoïste, se complaisant dans une existence faite de plaisirs immédiats, d'activités mondaines et de luxe. Naïf et aveuglé par le pouvoir illusoire que lui confère sa richesse bien vite acquise, il tombe de haut quand, ses parents ruinés, il se rend compte qu'aucune des relations qu'il a nouées dans sa vie parisienne n'a survécu à son infortune et que la vie futile et inconsistante qu'il a menée ne lui laisse rien à attendre de l'avenir. Quand il retrouve Colin, il recouvre la raison, plein de remords et de reconnaissance, et écoutant à nouveau « son bon naturel » (p. 14), revient à une vie simple, sage et heureuse.

COLIN

Colin « [doit] le jour à un brave laboureur » (*ibid.*) écrasé par les impôts. Contrairement à Jeannot, il reste lié à sa terre natale et à ses valeurs. Alors que Jeannot quitte l'école avant d'avoir terminé ses études, Colin suit son instruction jusqu'au bout. Très attaché à son ami, il se montre bienveillant envers lui et se réjouit de sa fortune soudaine. Lorsque Jeannot le quitte pour rejoindre ses parents à Paris, il est très affecté : « Il sen[t] son néant et [le] pleur[e]. » (*ibid.*) Sa sensibilité et la force de son amitié s'expriment de nouveau quand, ayant écrit à « son ancien camarade » (p. 8), pour le féliciter de sa nouvelle condition, sans jamais recevoir de réponse, il tombe « malade de douleur » (*ibid.*). Lors de son voyage à Paris, il est présenté comme « un petit homme rebondi, au visage rond et frais qui respir[e] la douceur et la gaieté » (p. 13). De plus, il semble heureux dans son ménage. C'est finalement lui qui, devenu directeur d'une manufacture dans sa région natale, sauvera Jeannot et ses parents de la misère, et mariera son ami à l'une de ses sœurs. Bon et sage, il ne manifeste aucune rancune vis-à-vis de son ami Jeannot.

LES PARENTS DE JEANNOT

Le père de Jeannot est un riche « marchand de mulets » (p. 7) auvergnat. Après un séjour à Paris, sa femme et lui rencontrent un homme d'affaires qui les associe à son entreprise, leur permettant d'acquérir « une fortune immense » (p. 8). Cette ascension sociale soudaine, due uniquement à la chance, fait d'eux des figures caricaturales de parvenus. Grisés par l'argent, ils se parent de tous les attributs extérieurs de la richesse et de la noblesse et renient leurs origines paysannes et provinciales, se comportant « en grands seigneurs » (p. 11). Ils vont jusqu'à acheter un marquisat pour faire oublier leur condition de roturiers, prenant le titre pompeux de M. et Mme de la Jeannotière. Crédules, ils plongent aveuglément dans le faste et la vanité de la vie mondaine. Ils négligent l'éducation de leur fils, conquis par le discours fallacieux du précepteur ignorant qu'ils ont choisi pour lui, dépensent sans compter et donnent « à souper aux beaux esprits de Paris » (*ibid.*). Ils acceptent également de fiancer Jeannot à une veuve qui convoite leur fortune et se laissent entrainer dans de « folles dépenses » (p. 12) qui dépassent leurs moyens. Leur vanité et leur inconséquence les mènent à la faillite et le père est jeté en prison, tandis que la mère se retrouve « seule, [...] noyée dans les larmes » (*ibid.*). Ce n'est qu'à la fin du conte qu'ils retrouvent humilité et bonheur, après avoir reçu le secours de Colin : ils retournent à leur condition et renouent avec leurs origines.

LE GOUVERNEUR

Le gouverneur est le précepteur chargé de l'éducation de Jeannot, après que ce dernier a décidé d'arrêter ses études. C'est un arriviste qui profite de la crédulité des parents de Jeannot en parvenant à leur vendre un programme éducatif qui exclut toutes les sciences pour se concentrer uniquement sur l'art de paraitre et d'être aimable. Il est décrit comme « un homme de bel air qui ne savait rien » (p. 8). Ignorant et fier de l'être, ce qui est un comble pour un homme chargé d'éduquer, il est convaincu que le savoir est inutile quand on a de l'argent : « Est-ce par les sciences qu'on obtient [l]e succès ? Tout ce qu'un homme du monde doit apprendre, c'est à "être aimable" » (*ibid.*), affirme-t-il aux parents conquis de Jeannot. Lorsque Jeannot, après avoir tout perdu, s'épanche auprès de lui et lui demande conseil, il se montre sans scrupule et lui propose d'écrire un roman ou « de se faire, comme lui, gouverneur d'enfants » (p. 12).

CLÉS DE LECTURE

LE SIÈCLE DES LUMIÈRES

Le XVIIIe siècle, qu'on appelle communément « le siècle des Lumières », est marqué en Europe par un mouvement philosophique prônant la tolérance et la liberté. En France, on considère traditionnellement la Révolution française (1789) comme étant l'aboutissement historique de ce mouvement. La philosophie des Lumières est portée par des écrivains et penseurs tels que Montesquieu (écrivain français, 1689-1755), Voltaire, Rousseau (écrivain et philosophe de langue française, 1712-1778), ou encore Diderot (écrivain français, 1713-1784). Tous condamnent les inégalités, le fanatisme et le totalitarisme de leur temps, ce qui leur vaut parfois d'être sévèrement condamnés pour leurs idées progressistes : Voltaire, d'abord embastillé, est ensuite contraint à plusieurs exils, notamment en Angleterre, en Prusse et en Suisse.

Le texte fondateur de la philosophie des Lumières est l'*Encyclopédie ou Dictionnaire raisonné des sciences, des arts et des métiers* (1751-1772). Coordonné par Diderot et Le Rond d'Alembert (mathématicien et philosophe français, 1717-1783), cet ouvrage compile les articles de nombreux contributeurs, intellectuels et philosophes du XVIIIe siècle. Le but poursuivi était de répertorier et de diffuser toutes les connaissances de leur temps, pour lutter contre l'obscurantisme et permettre à la société française de développer son esprit critique. Outre un aspect scientifique, l'*Encyclopédie* a également une portée philosophique et morale, puisqu'elle véhicule largement la pensée des Lumières et ses valeurs :

- les philosophes des Lumières critiquent :
    - la monarchie absolue et le totalitarisme ;
    - le fanatisme religieux et l'intolérance ;
    - les inégalités sociales ;
    - l'obscurantisme.
- ils défendent en revanche :
    - la liberté individuelle et le libre arbitre ;
    - la liberté de conscience ;
    - la tolérance ;
    - l'égalité ;
    - l'esprit critique, l'usage de la raison et la connaissance.

UN CONTE PHILOSOPHIQUE

Le conte est un genre en vogue au XVIIIe siècle. « Tout le monde conte à présent », constate d'ailleurs Jean-François de Saint Lambert (écrivain français, 1716-1803) dans la préface à son conte iroquois *Les Deux Amis* (1770). La traduction des contes des *Mille et Une Nuits*, qui s'étale entre 1703 et 1717, confirme le gout du public pour cette forme littéraire qui allie le plaisir d'un récit fictif et un but didactique : l'auteur de contes veut instruire tout en plaisant. Cette forme populaire a aussi pour but de contourner la censure en déguisant des propos contestataires sous une fiction apparemment naïve et légère.

La brièveté de la forme du conte qui interdit les longues et pesantes analyses et réflexions pour délivrer un message clair et percutant est particulièrement propice à la transmission d'idées et de thèses philosophiques et morales. Le conte, qui réduit les personnages à quelques traits caricaturaux sous lesquels il n'est pas difficile de retrouver la cible visée, qui privilégie une action truculente qui ne peut ennuyer le lecteur en s'enlisant, est la forme la plus propice à une réflexion philosophique dépourvue de toute pesanteur, dont les armes principales sont l'ironie et l'humour.

Le schéma narratif

La narration de *Jeannot et Colin* est construite comme celle d'un conte traditionnel :

- **situation initiale** : c'est le début de l'histoire, le moment où on présente au lecteur les personnages principaux et le cadre spatiotemporel ; la situation est équilibrée, c'est-à-dire qu'elle n'a aucune raison d'évoluer :
  - à Issoire, en Auvergne, Jeannot et Colin sont deux amis inséparables ;
- **élément perturbateur** : c'est un évènement qui vient perturber la situation initiale et qui va déclencher l'histoire proprement dite :
  - le père de Jeannot fait subitement fortune à Paris, y fait venir son fils et l'associe à ses affaires ;
- **péripéties** : ce sont les évènements provoqués par l'élément perturbateur et qui entrainent la ou les actions par le héros pour résoudre le problème :
  - Jeannot dédaigne Colin, mène la grande vie, abandonne ses études et charme la bonne société, toute prête à la flagornerie, par ses talents de chanteur. Il épouse une veuve cupide. Quant à ses parents, ils vivent également comme de « grands seigneurs »

(p. 11), dépensant davantage que ce qu'ils ont. Par conséquent, ils sont vite ruinés et le père est emprisonné pour dettes. Jeannot se tourne vers ses amis qui refusent tous de le secourir ;

- **dénouement** : il met un terme aux péripéties et conduit à la situation finale :
  - Jeannot retrouve par hasard Colin, de passage à Paris. Ce dernier, devenu riche en Auvergne, paie les dettes des parents de son ami et les ramène tous à Issoire ;
- **situation finale** : c'est le résultat, la fin de l'histoire. La situation est à nouveau stable, comme la situation initiale, mais elle a subi des transformations :
  - Jeannot travaille avec Colin et épouse une de ses sœurs qui le rend très heureux.

L'ironie philosophique

À l'époque de Voltaire se développe donc une forme d'écriture polémique (c'est-à-dire contestataire) qui, tout en utilisant le cadre des contes traditionnels, en déploie l'aspect critique. Cette nouvelle forme d'écriture donne naissance au genre du conte philosophique, dont Voltaire est le principal représentant, avec des œuvres telles que *Zadig ou la Destinée*, *Candide ou l'Optimisme*, ou encore *Micromégas*. Les contes philosophiques des Lumières mettent en cause certains aspects de la société de leur époque, comme la monarchie absolue, la justice ou les inégalités sociales, en usant souvent d'une ironie féroce. Le cadre fictionnel particulier de ces écrits courts permet aux lecteurs de réfléchir aux enjeux sociaux et politiques mis en scène tout en prenant plaisir à suivre les aventures des personnages et en s'amusant des vices profondément humains présentés de façon satirique par l'auteur. Voltaire déguise l'aspect contestataire de son propos en reprenant certains éléments du conte traditionnel :

- **les caractères des personnages sont exacerbés.** Dans *Jeannot et Colin*, Voltaire présente de manière caricaturale les caractères des deux jeunes gens : à la vanité, la légèreté et la paresse du premier s'opposent l'honnêteté, la fidélité et le courage du second. Cela permet à Voltaire de faire le portrait satirique de la vie de la Cour de son temps et de ses acteurs, hypocrites et vaniteux ;
- **les personnages incarnent des valeurs et leurs noms sont souvent symboliques.** Au nom très commun de « Jeannot », le père, après avoir acheté le titre de marquis, substitue celui, ridicule, de « de la Jeannotière ». L'auteur dénonce ainsi ironiquement la vanité des titres de noblesse dont on hérite à la naissance ou qui s'achètent et donnent des privilèges immérités à ceux qui en disposent ;
- **les protagonistes voyagent ou quittent leur milieu d'origine.** L'apprentissage des héros se fait souvent à travers leurs déplacements : on peut citer les tribulations du personnage principal dans *Zadig ou la Destinée* ou celles de Gulliver dans *Voyages de Gulliver* (1726) de Jonathan Swift (écrivain irlandais, 1667-1745). Dans *Jeannot et Colin*, Jeannot doit quitter la province et faire l'expérience de la mondanité parisienne pour se rendre compte de la vacuité de la haute société ;
- **Voltaire manie l'ironie pour exprimer son point de vue.** *Jeannot et Colin* se distingue des contes traditionnels par son usage répété de l'ironie. Ce procédé littéraire, cher à

Voltaire, consiste à « feindre d'adopter le point de vue de l'adversaire qu'on ruine en portant au jour ses contradictions internes » (BERGOUNIOUX P., *Bréviaire de littérature à l'usage des vivants*, Rosny-sous-Bois, Bréal, 2004, p. 145). Autrement dit, il s'agit d'exprimer de façon excessive le contraire de ce que l'on pense, en poussant à bout la logique de ce que l'on cherche à critiquer. Ainsi le récit se trouve enrichi de notes d'humour tout en valorisant un point de vue critique. Les exemples abondent dans le récit, mais on peut citer le cas de la veuve qui se fiance avec Jeannot. Le narrateur précise qu'elle ne dispose que d'« une fortune médiocre » (p. 11) et qu'elle compte bien s'« approprier » (*ibid.*) par ce mariage l'argent de la famille de Jeannot. Il présente ce personnage intéressé et malhonnête comme acceptant « de mettre en sûreté les grands biens de M. et de Mme de la Jeannotière » (*ibid.*). Ensuite, après l'avoir présentée sous les défauts les plus évidents, il la qualifie de « charmante épouse » (p. 12) mettant en valeur sa perversité par l'ironie ;

- **il y a une dimension morale.** Le conte doit faire réfléchir le lecteur et aborde dès lors des problèmes qui concernent la société du XVIIIe siècle. Dans *Jeannot et Colin*, les thèmes de l'amitié, de l'éducation et du travail sont mis en avant et opposés à ceux de l'apparence, de l'argent et de la renommée faciles. Ce sont les écueils de la haute société parisienne et de la Cour qui sont ainsi présentés et critiqués, en même temps que l'ignorance et l'oisiveté. Voltaire défend les principes d'une vie simple, fondée sur le travail et l'éducation. Le savoir comme voie de liberté

L'ÉDUCATION ET L'ESPRIT CRITIQUE

L'importance de la connaissance est l'une des leçons à tirer de *Jeannot et Colin*. Négligée par Jeannot qui va se perdre dans une existence oisive, l'éducation va permettre à Colin d'accéder au bonheur. On peut mettre cette idée en relation avec la philosophie des Lumières qui pose la raison et la connaissance comme bases de la liberté.

Colin, qui a poursuivi ses études, est devenu propriétaire d'une manufacture assez prospère. Loin du superflu, il mène une vie simple et heureuse avec une épouse aimante et incarne des valeurs de tolérance et d'amitié. Jeannot au contraire, a choisi la voie de l'ignorance :

- **il abandonne l'école.** Dès lors que son père accède à la richesse, « Jeannot n'étudi[e] plus » (p. 7). Peu après, son père le « retir[e] de l'école [...] pour le mettre à Paris dans le beau monde » (p. 8) ;
- **il rejette la connaissance.** Le gouverneur persuade aisément Jeannot et ses parents de l'inutilité du savoir et les convainc de renoncer à l'apprentissage des sciences au profit de celui de la danse, évitant ainsi au jeune homme de « se dessécher le cerveau dans ces vaines études » (*ibid.*). Qualifiant la géométrie de « science ridicule » (p. 11) ou affirmant que si Jeannot « savait le latin, il serait perdu » (p. 10), le gouverneur plaide en faveur de l'ignorance. Il est entendu par Jeannot qui suivra ses préceptes et « se perfectionnera dans l'habitude de n'être propre à rien » (*ibid.*) ;
- **manquant d'esprit critique, il est victime de discours**

fallacieux. Peu armés pour déjouer les pièges de la rhétorique, Jeannot et ses parents pâtissent de leur manque d'esprit critique. C'est le cas notamment lorsqu'ils sont confrontés au gouverneur qui les persuade aisément de renoncer aux sciences avec des arguments infondés et ridicules. Voltaire qualifie ce dernier avec ironie de « gracieux » et d'« aimable ignorant » (p. 9-10), insistant sur le ridicule de ses charmes. Ce précepteur éblouit Jeannot et ses parents par une rhétorique d'une logique illusoire et profite de leur manque d'éducation : « Monsieur et madame n'entendaient pas trop ce que le gouverneur voulait dire ; mais ils furent entièrement de son avis » (p. 10) ;

- **il finit malheureux.** Ruiné et désemparé, Jeannot comprend que son ignorance a causé sa perte : il s'écrie, à l'adresse de son ancien gouverneur : « Hélas, je ne sais rien, vous ne m'avez rien appris, et vous êtes la première cause de mon malheur ! » (p. 13).

LA VANITÉ

La vanité est l'objet de la morale du conte, le vice humain que critique Voltaire, avec l'orgueil et la cupidité, et qu'il se plait à dénoncer comme fondement du système aristocratique. Le conte se clôt d'ailleurs sur cette formule : « Et Jeannot le père, et Jeannotte la mère, et Jeannot le fils, virent que le bonheur n'est pas dans la vanité. » (p. 14) Il faut entendre ce terme, non pas comme un synonyme d'orgueil, mais comme l'expression du caractère de ce qui est vain, vide de sens. Dans l'article qu'il lui consacre dans l'*Encyclopédie*, Louis de Jaucourt (érudit français, 1704-1780) présente la vanité comme « la disposition [...] d'un homme qui tâche de se faire honneur par de faux avantages ». L'auteur avance l'idée qu'un homme, « ne trouvant rien d'estimable en lui », tire sa gloire dans des « choses extérieures, [...] des choses ridicules ». Louis de Jaucourt met « au premier rang [de ces vanités] les richesses », et classe aussi parmi elles « les habits de luxe » ou encore « la volupté [...] [et] la débauche » (JAUCOURT L. de, « Vanité », in DIDEROT D. et LE ROND D'ALEMBERT J., *Encyclopédie ou Dictionnaire raisonné des sciences, des arts et des métiers*, édition électronique). La vanité concerne donc ce qui est futile, superflu, plein de fausses apparences, et dont certains hommes tirent une gloire déplacée.

La famille de Jeannot succombe au charme de la vanité :

- **ils vivent dans l'abondance et le luxe**. Ils se glorifient de leur richesse alors qu'ils ne la doivent qu'au hasard et à « la fortune » (p. 7). Oubliant les valeurs essentielles comme celle de l'amitié, ils se complaisent dans le superflu et cherchent à se donner toutes les apparences de la richesse. Ils vivent « en grands seigneurs » (p. 11), se vêtent d'« habits de fort bon goût » (p. 7), prennent un « air de supériorité » (*ibid.*) et, comble du ridicule, « achèt[ent] un marquisat » : M. Jeannot devient « monsieur le marquis de la Jeannotière » (*ibid.*) tandis que Jeannot est appelé pompeusement « monsieur le marquis son fils » (p. 8) ;
- **Jeannot et ses parents se complaisent dans une vie mondaine vaine et futile**. Facilement manipulables, ils sont « éblouis » (p. 11) par le beau monde et donnent « à souper aux beaux esprits de Paris » (*ibid.*). Une fois ruinés, aucune de leurs relations ne leur portera secours : « Tous mes amis de bel air m'ont trahi » (p. 14), s'écrie Jeannot ;

- **Jeannot se perd dans une existence légère faite de plaisirs éphémères.** Il entretient de nombreuses et couteuses liaisons avec des « maîtresses » (p. 11). Il séduit les femmes en leur composant des chansons. Voltaire le présente comme un imposteur en soulignant le fait qu'il « pille » (*ibid.*) en réalité des œuvres existantes et qu'il paie des auteurs pour finaliser ses compositions. Il finit par se fiancer avec une veuve dont l'affection s'évanouira aussitôt qu'elle apprendra la ruine de la famille de la Jeannotière. Ses relations amoureuses, elles aussi, sont vaines et faites de faux-semblants.

À la fin du conte, ils trouvent tous trois le bonheur en renouant avec les valeurs de l'amitié, du travail et de la simplicité : « Jeannot retourna dans sa patrie avec ses parents, qui reprirent leur première profession. » (p. 14)

Ainsi, *Jeannot et Colin* véhicule, sous la plume critique et ironique de Voltaire, les idées des Lumières. En utilisant les codes du conte philosophique qui lui sont familiers, l'auteur-philosophe dénonce la complaisance du superflu, l'illusoire supériorité de la noblesse et de la Cour, et les dangers de l'obscurantisme. Il valorise la tolérance, la bienveillance, le savoir et la simplicité, tout en illustrant cette vérité prononcée par le sage Colin : « Toutes les grandeurs de ce monde ne valent pas un bon ami. » (*ibid.*)

PISTES DE RÉFLEXION

QUELQUES QUESTIONS POUR APPROFONDIR SA RÉFLEXION...

- Pourquoi qualifie-t-on ce conte de « philosophique » ?
- Commentez la morale du conte.
- En quoi peut-on dire que ce texte est satirique ?
- Repérez et expliquez trois formules ironiques dans le texte.
- En quoi peut-on dire que Colin incarne la figure du sage ?
- Par quels moyens rhétoriques le gouverneur convainc-t-il les parents de Jeannot de l'inutilité du savoir ?
- Comment la différence entre les deux familles est-elle marquée dès le premier paragraphe ?
- En quoi peut-on dire que Jeannot et ses parents sont esclaves de leur richesse ?
- Montrez en quoi la crédulité de Jeannot et de ses parents est caricaturale.
- Quelles idées des Lumières sont portées par ce conte ?

Votre avis nous intéresse !
Laissez un commentaire sur le site de votre librairie en ligne
et partagez vos coups de cœur sur les réseaux sociaux !

POUR ALLER PLUS LOIN

ÉDITION DE RÉFÉRENCE

- VOLTAIRE, *Jeannot et Colin et autres contes philosophiques*, Paris, Flammarion, coll. « Librio », 2013.

ÉTUDES DE RÉFÉRENCE

- BERGOUNIOUX P., *Bréviaire de littérature à l'usage des vivants*, Rosny-sous-Bois, Bréal, 2004.
- DIDEROT D. et LE ROND D'ALEMBERT J., *Encyclopédie ou Dictionnaire raisonné des sciences, des arts et des métiers*, édition électronique, consultée le 3 mars 2017, http://www.lexilogos.com/encyclopedie_diderot_alembert.htm
- VOLTAIRE, *Lettres philosophiques*, Paris, Gallimard, coll. « Folio », 2001, 287 p.

SUR LEPETITLITTÉRAIRE.FR

- Commentaire portant sur le chapitre I de *Candide ou l'Optimisme* de Voltaire.
- Commentaire portant sur le chapitre III de *Candide ou l'Optimisme*.
- Commentaire portant sur le chapitre XIX de *Candide ou l'Optimisme*.
- Fiche de lecture sur *Candide ou l'Optimisme*.
- Fiche de lecture sur *L'Ingénu* de Voltaire.
- Fiche de lecture sur *Le Monde comme il va* de Voltaire.
- Fiche de lecture sur *Micromégas* de Voltaire.
- Fiche de lecture sur *Zadig ou la Destinée* de Voltaire.

Retrouvez notre offre complète sur lePetitLittéraire.fr

- des fiches de lectures
- des commentaires littéraires
- des questionnaires de lecture
- des résumés

ANOUILH
- Antigone

AUSTEN
- Orgueil et Préjugés

BALZAC
- Eugénie Grandet
- Le Père Goriot
- Illusions perdues

BARJAVEL
- La Nuit des temps

BEAUMARCHAIS
- Le Mariage de Figaro

BECKETT
- En attendant Godot

BRETON
- Nadja

CAMUS
- La Peste
- Les Justes
- L'Étranger

CARRÈRE
- Limonov

CÉLINE
- Voyage au bout de la nuit

CERVANTÈS
- Don Quichotte de la Manche

CHATEAUBRIAND
- Mémoires d'outre-tombe

CHODERLOS DE LACLOS
- Les Liaisons dangereuses

CHRÉTIEN DE TROYES
- Yvain ou le Chevalier au lion

CHRISTIE
- Dix Petits Nègres

CLAUDEL
- La Petite Fille de Monsieur Linh
- Le Rapport de Brodeck

COELHO
- L'Alchimiste

CONAN DOYLE
- Le Chien des Baskerville

DAI SIJIE
- Balzac et la Petite Tailleuse chinoise

DE GAULLE
- Mémoires de guerre III. Le Salut. 1944-1946

DE VIGAN
- No et moi

DICKER
- La Vérité sur l'affaire Harry Quebert

DIDEROT
- Supplément au Voyage de Bougainville

DUMAS
- Les Trois
  Mousquetaires

ÉNARD
- Parlez-leur
  de batailles,
  de rois et
  d'éléphants

FERRARI
- Le Sermon sur la
  chute de Rome

FLAUBERT
- Madame Bovary

FRANK
- Journal
  d'Anne Frank

FRED VARGAS
- Pars vite et
  reviens tard

GARY
- La Vie devant soi

GAUDÉ
- La Mort du
  roi Tsongor
- Le Soleil des
  Scorta

GAUTIER
- La Morte
  amoureuse
- Le Capitaine
  Fracasse

GAVALDA
- 35 kilos d'espoir

GIDE
- Les
  Faux-Monnayeurs

GIONO
- Le Grand
  Troupeau
- Le Hussard
  sur le toit

GIRAUDOUX
- La guerre de
  Troie
  n'aura pas lieu

GOLDING
- Sa Majesté des
  Mouches

GRIMBERT
- Un secret

HEMINGWAY
- Le Vieil Homme
  et la Mer

HESSEL
- Indignez-vous !

HOMÈRE
- L'Odyssée

HUGO
- Le Dernier Jour
  d'un condamné
- Les Misérables
- Notre-Dame
  de Paris

HUXLEY
- Le Meilleur
  des mondes

IONESCO
- Rhinocéros
- La Cantatrice
  chauve

JARY
- Ubu roi

JENNI
- L'Art français
  de la guerre

JOFFO
- Un sac de billes

KAFKA
- La Métamorphose

KEROUAC
- Sur la route

KESSEL
- Le Lion

LARSSON
- Millenium 1. Les
  hommes qui
  n'aimaient pas
  les femmes

LE CLÉZIO
- Mondo

LEVI
- Si c'est un
  homme

LEVY
- Et si c'était vrai...

MAALOUF
- Léon l'Africain

MALRAUX
- La Condition humaine

MARIVAUX
- La Double Inconstance
- Le Jeu de l'amour et du hasard

MARTINEZ
- Du domaine des murmures

MAUPASSANT
- Boule de suif
- Le Horla
- Une vie

MAURIAC
- Le Nœud de vipères

MAURIAC
- Le Sagouin

MÉRIMÉE
- Tamango
- Colomba

MERLE
- La mort est mon métier

MOLIÈRE
- Le Misanthrope
- L'Avare
- Le Bourgeois gentilhomme

MONTAIGNE
- Essais

MORPURGO
- Le Roi Arthur

MUSSET
- Lorenzaccio

MUSSO
- Que serais-je sans toi ?

NOTHOMB
- Stupeur et Tremblements

ORWELL
- La Ferme des animaux
- 1984

PAGNOL
- La Gloire de mon père

PANCOL
- Les Yeux jaunes des crocodiles

PASCAL
- Pensées

PENNAC
- Au bonheur des ogres

POE
- La Chute de la maison Usher

PROUST
- Du côté de chez Swann

QUENEAU
- Zazie dans le métro

QUIGNARD
- Tous les matins du monde

RABELAIS
- Gargantua

RACINE
- Andromaque
- Britannicus
- Phèdre

ROUSSEAU
- Confessions

ROSTAND
- Cyrano de Bergerac

ROWLING
- Harry Potter à l'école des sorciers

SAINT-EXUPÉRY
- Le Petit Prince
- Vol de nuit

SARTRE
- Huis clos
- La Nausée
- Les Mouches

SCHLINK
- Le Liseur

SCHMITT
- La Part de l'autre
- Oscar et la
  Dame rose

SEPULVEDA
- Le Vieux qui
  lisait des romans
  d'amour

SHAKESPEARE
- Roméo et Juliette

SIMENON
- Le Chien jaune

STEEMAN
- L'Assassin
  habite au 21

STEINBECK
- Des souris et
  des hommes

STENDHAL
- Le Rouge et
  le Noir

STEVENSON
- L'Île au trésor

SÜSKIND
- Le Parfum

TOLSTOÏ
- Anna Karénine

TOURNIER
- Vendredi ou
  la Vie sauvage

TOUSSAINT
- Fuir

UHLMAN
- L'Ami retrouvé

VERNE
- Le Tour
  du monde
  en 80 jours
- Vingt mille
  lieues sous
  les mers
- Voyage au
  centre de
  la terre

VIAN
- L'Écume des jours

VOLTAIRE
- Candide

WELLS
- La Guerre des
  mondes

YOURCENAR
- Mémoires
  d'Hadrien

ZOLA
- Au bonheur
  des dames
- L'Assommoir
- Germinal

ZWEIG
- Le Joueur
  d'échecs

www.lepetitlitteraire.fr

ISBN version numérique : 978-2-8062-9459-3
ISBN version papier : 978-2-8062-9460-9
Dépôt légal : D/2017/12603/119

Avec la collaboration de Margot Pépin pour l'étude des personnages Jeannot, Les parents de Jeannot et Le Gouverneur, pour les chapitres « Le siècle des Lumières », « L'ironie philosophique », « L'éducation et l'esprit critique » et « La vanité », ainsi que pour les pistes de réflexion.

Conception numérique : Primento,
le partenaire numérique des éditeurs.

Ce titre a été réalisé avec le soutien de la Fédération Wallonie-Bruxelles, Service général des Lettres et du Livre.

Made in the USA
Monee, IL
07 July 2026

56547421R00017